감성시인 염규식 시인의

사랑은 시를 만들고
제3집

시음사
시사랑음악사랑

삶을 숙성시킨 깊고도 넓은
시인의 하모니가 사랑의 빛깔로 물들다.

염규식 시인님의 제3시집 『사랑은 시를 만들고』는 삶의 실 생활적 경험을 바탕으로 사랑을 숙성시킨 현실적 감각이 뛰어난 시를 창작해 담아낸 시집이다. 삶의 다양한 소재의 요소를 흡입하여 관찰함으로써 아름답고 향기로운 시를 탄생시켰다. 삶의 굴절 사이를 교묘히 넘나들며 觀照(관조)한 시상은 난해함을 절제된 안목으로 승화하여 한편 한 편의 시를 창작해 사랑하는 마음으로 담았다.

이번 시집에 담긴 염규식 시인님의 시는 일상에서 쓰는 언어들의 용법은 도구적인 관계에 치중하였다. 그러기에 염규식 시인님이 전달하고자 하는 의미가 확연히 드러난다. 감각적 언어의 이미지 제시와 같은 구체적 표현을 현실화하여 독자의 공감을 불러오기에 충분하다. 시인님의 가슴으로 걸러낸 신선한 이미지는 독자에게 강제하는 속박에서 벗어나 자유롭게 전달하는 이미지 제공이 분명하게 그려졌다. 그러기에 염규식 시인의 『사랑은 시를 만들고』 제3시집에 실린 시는 누구에게나 편안히 안착한다.

염규식 시인님은 순수하게 주변을 바라보고 느낄 줄 아는 마음의 눈을 가지셨다. 『사랑은 시를 만들고』 제3시집에 담긴 시적 감성은 소년 같은 순수함, 그 자체이다. 투명하고 청순한 아름다운 마음을 지닌 시인의 시각, 청각을 활용하여 감성으로 용해해 독자에게 전달하는 시 자체가 사랑의 메시지다. 이 시집에 담긴 염규식 시인님의 시의 전체적 특징은 추상성을 피하고 구체적이고 감각적인 묘사로 현실적 대상과 사랑으로 호흡한다. 장식적이고 수사적인 표현은 과감히 배척하고 상대에게 진솔하게 이야기하듯 소통하는 시적 언어의 친밀성을 드러냈다.

이번 시집은 염규식 시인님의 느낌과 생각을 솔직 담백하게 담아 표현하였다. 제3시집에는 사랑하는 마음과 그리움을 자연에 의인화, 형상화한 시적 시어가 아름답게 꽃으로 피어나 향기를 전한다. 부드러우면서 조화로는 감동을 주는 시적 이미지화는 대상과의 일체감 속에서 귀 기울이고 눈여겨보고 상상하게 하는 시인의 독창적인 표 현이 속속들이 가슴을 파고든다. 염규식 시인님의 시는 정다움과 친근감이 있다. 그리고 시인 내면의 세계를 새로운 느낌으로 깔끔하게 그려냈기에 독자의 사랑을 받을 것이라 확신한다. 이번 제3시집에서 시적 대상을 가슴으로 녹여내는 독창적인 표현으로 창작한 염규식 시인님의 제3시집은 독자에게 매력을 끌 만하다.

염규식 시인님은 이미 『사랑은 시를 만들고』 제1시집과 제2시집 그리고 수필집 『끝나지 않은 인생길』로 독자의 사랑을 듬뿍 받으시었다. 이번 『사랑은 시를 만들고』 제3시집도 또 한 번 널리 독자의 사랑을 받을 것으로 확신한다. 삶을 숙성시킨 깊고도 넓은 시인의 하모니가 사랑의 빛깔로 물들인 염규식 시인님의 제3시집 上梓(상재)를 축하드리며 염규식 시인님의 제3시집 『사랑은 시를 만들고』를 독자 여러분께 추천해 드리며 많은 사랑을 기대해 본다.

(사)창작문학예술인협의회 부이사장 주응규

사랑은 시를 만들고 제 3집을 발간하면서~
어느덧 독자와 문우들의 사랑으로 벌써 3집을 발간합니다
숨가쁘게 달려온 한 해가 턱걸이합니다.

글을 쓰면 쓸수록 더욱 어려워지는 것이 시인가 봅니다
시란 보이지 않는 무형의 건축물을 짓는 것과 같다고
선배 시인님들의 말씀이 이제야 피부로 느낍니다.

"사랑은 시를 만들고"제3집 역시 사랑을 주제로 편집하였습니다
어떤 철학자는 "사랑은 소유에 관한 것이 아니라 감사에 관한 것"
이라고 했습니다. 그리고 "사랑은 볼 수도 만질 수도 없지만 마음으로
느끼는 것이다" 라고 하였습니다.

사랑을 주제로 3집을 발간하였지만 아직도 부족함이 넘칩니다
나 자신이 벌거숭이가 되는 마음이지만 아끼는 자식을 출가하는
마음으로 독자에게 보내려합니다. 부족한 것이 많아도 많이
사랑해주시기를 바라면서 인사말을 대신합니다.

시인 염규식 배상

본문
시낭송
감상하기

QR코드 스마트폰으로 QR 코드를 스캔하면
시낭송을 감상할 수 있습니다

 제목 : 사랑은 시를 만들고
시낭송 : 박영애

 제목 : 생각하면 눈물이 날 것 같은 그대
시낭송 : 박영애

 제목 : 당신이 있기에
시낭송 : 박영애

제목 : 사랑을 한다는 것은
시낭송 : 박영애

 제목 : 이름 없는 눈물
시낭송 : 박영애

제목 : 그 사람
시낭송 : 박영애

 제목 : 그대 마음에 봄이 온다면
시낭송 : 박영애

 제목 : 그리움 찾아가는 길
시낭송 : 박영애

 제목 : 그리움의 노래
시낭송 : 박영애

 제목 : 그리움은 어디까지
시낭송 : 박영애

 제목 : 당신의 미소
시낭송 : 박영애

제목 : 미완성 수채화
시낭송 : 박영애

 제목 : 나의 노래
시낭송 : 박영애

제목 : 사랑의 그림자
시낭송 : 박영애

 제목 : 사랑이란 숙제
시낭송 : 박영애

 본문 시낭송 모음

영상은 YouTube 정책 또는 운영 관리에 따라 삭제될 수도 있습니다.

시인은 자연을 이야기하고 시낭송가는 자연을 품었다
글자는 날개를 달아 언어로 날고 소리는 자연에 눕는다

제2부, 그리움의 노래

제4부, 그것이 사랑이고 삶이라

10

제1부, 사랑은 시를 만들고

사랑은 시를 만들고......,

그대에게 하고 싶은 말은
"당신이 최고야 사랑해" 그 한마디밖에
찾을 수 없었어요

지치고 힘든 세상의 무게에도 오직 나만 보고
슬픈 내 삶 속에 작은 불꽃 하나 심어준 그대
하늘 아래 내가 곁에 있는 것만으로도
행복할 수 있는 그 사람

그렇게 유일하게 날 사랑했던 단 한 사람
세상의 어떤 수식으로도 표현할 수 없는
나를 아껴 주었던 사람 바로 당신입니다.

온 세상이 절망으로 변한다고 하여도
나만은 믿고 긍정으로 보아준 유일한 그대
자신보다 더 나를 끔찍이 사랑해 준 당신

당신을 위해 쓴 사랑의 시는 당신의 가슴속에
별이 되고 보석이 되었습니다
당신은 밤하늘의 찬란한 별이 되고
사랑은 시가 되어 흐릅니다.

제목 : 사랑은 시를 만들고
시낭송 : 박영애
스마트폰으로 QR 코드를 스캔하면
시낭송을 감상할 수 있습니다

생각하면 눈물이 날 것 같은 그대

지난 시간 돌이켜보면 그대와의 사랑엔,
늘 좋은 날만 있은 것은 아니었습니다,
어찌 보면 흐리고 구름이 끼여 있는 날이
더 많았습니다

하지만 저 하늘의 별이 잠시 구름에 가렸다고 해서
반짝이지 않는 것이 아닌 것처럼,
그대가 내 곁을 떠나고 없다고 해서
그대를 향한 내 사랑이 식은 것은 아닙니다

그대 떠난 뒤에도 내 가슴에는 그대가 있습니다
보고 싶고 너무 그리워서 부르면 가슴이 뜨거워지고
그대가 옆에 있는 것 같은 착각에 한없는 외로움에
눈물이 날 것 같은 그대의 이름이 있습니다

하지만 마냥 슬퍼하거나 외로워하지 않겠습니다
이미 먼저 가버린 당신이지만 내 가슴속에는
그대의 사랑이 영원히 내게 간직되어 있습니다
내가 살아가는 동안에는 그대만을 사랑할 것입니다.

제목 : 생각하면 눈물이
        날 것 같은 그대
시낭송 : 박영애
스마트폰으로 QR 코드를 스캔하면
시낭송을 감상할 수 있습니다

13

그때에도 그럴 수 있을까

차창 밖으로 스치는 옛 기억의 잔영
세월 흘러도 내 지금의 모습 달라진 건 없지만
제자리를 맴도는 그리움은
젖어드는 마음을 아프게만 합니다

먼 하늘 떠도는 구름처럼 내가 가진 사랑도,
그리움도 모두 다 실어 갔으면 좋으련만
모두 내게 남겨두고 떠나가는 네가 원망스럽구나

그대 그리워하는 마음
내 영원히 간직한 채 보내는 하루하루를
사랑하며 살아가는 것이 작은 행복이지만

언젠간 다시 돌아올 건 알지만
지금처럼 내 사랑이 그대를 그리워하며
사랑하는 것이 나의 삶의 전부이지만

긴 세월이 흘러 꽃잎에 빗방울이 마른 후에도
그때에도 내가 그럴 수 있을까.

사랑의 목마름

사랑의 목마름에 잠 못 이루던 숱한 밤에
흘린 눈물만큼이나 내게 고운 사랑이
다가올 수 있으면 행복할 수 있겠습니다

누군가의 사랑의 목소리로 잠들 수 있고
가슴으로 스미는 햇살의 찬란함과
살아있는 것들의 기지개가 많이 그립습니다

정녕 이 아름다운 계절의 아침에
당신의 고운 미소마저 내게 사라진다면
나의 아침은 얼마나 쓸쓸했을까

가슴 시리도록 지나온 삶의 기억들이
혼미해진 몸짓으로 외치고 날아도 보았지만
그때마다 말없이 쌓여만 가는 외로움입니다

그리움에 지쳐 가시지 않는 외로움에
가슴만 멍이 들어 밤길을 헤매일 때
그대의 미소 하나로 먹구름만이 자리하던
내 가슴에도 난 작은 행복을 느낍니다.

당신이 있기에

푸른 강물에 수십 번 헹구어 낸 잉어처럼
맑고 순수한 그대의 모습이 아름답게 떠오릅니다

사랑하는 당신은 아주 조금씩 봄 햇살 순풍처럼
내밀하게 나에게 속삭이며 내 마음속에 자리합니다

당신은 높은 하늘 가을밤 별빛으로 내게 다가와
찬란한 별빛으로 사랑을 만드는 귀한 사람입니다

내 목숨 같은 사랑 당신이 있기에 기뻐하며 숨 쉬고
오직 당신을 그리워하기에 내가 살아있음을 알지요

나는 그대가 있기에 나의 삶이 존재하고
당신의 사랑 안에 감동하며 살아갑니다

당신 안에서 쏟아지는 새봄이 오면
환하게 피어나는 새싹처럼 나는 다시 태어납니다

가진 것 없는 빈손이어도 그대가 있기에
세상사 시름 다 잊고 지낼 수 있을 것 같은 사람

오직 당신이기에 아름다운 사랑을 여울지게 하는
목숨 바칠 시를 지어 부르고 노래합니다
그대 위한 사랑의 노래를......,

제목 : 당신이 있기에
시낭송 : 박영애
스마트폰으로 QR 코드를 스캔하면
시낭송을 감상할 수 있습니다

그리운 그대에게

그립고 보고 싶은 그대여
빈틈없이 바쁘게 돌아가는 삶의 한가운데
외롭고 쓸쓸한 적막 속에서 평범한 삶을 살아도

삶의 둘레 모든 일에 오직 생각나는 것이 있다면
그대 고운 목소리와 웃음소리가 울려 퍼지고
그리움이 있는 곳이라면 어느 곳에나 있는 그대 모습

어느 곳에 있든지 그대가 있는 곳이라면
눈부신 금빛 물결 반짝이던 강물 바라보며
가슴에 사무치는 감동의 추억들 어찌하리오

한없이 그립고 사무치게 보고 싶은 당신
언제나 둘이 한 곳을 바라보며 선한 미소 짓던 그대
지금도 상큼하게 불어오는 강바람은
당신을 위한 아름다운 시가 되었습니다.

당신의 사랑 너무 크기에

모든 것을 잊어야 하겠다고,
정말 다 잊어야 한다고 결심을 하였어도
당신을 사랑하는 마음은 내 가슴 한 편에서
절 놓아주질 않습니다.

그대가 떠나 뒤 헤어져 멀리 있어도
나에게 혼자의 시간만 만들어 준 지금
더 큰 아픔을 제가 앓고 있습니다.

세월이 흐른 지금 나의 아픔만 생각하고
당신 때문에 고통의 수많은 밤을 지샌 지금에서야
당신의 아픔과, 사랑이 그 얼마나 컸던가를
이제는 알겠습니다.

지금에야 그대에게 내 사랑을 모두 드릴 수 있는데
사랑을 받으셔야 할 당신은 나에게 없습니다
언젠가 세월의 어느 어귀에서 당신을 만났을 때
그대는 정작 나를 기억하실는지요?

세월은 흐르고 그대와 떨어진 나의 모습은 늙어가고
그리움에 지친 나의 마음도 세월 따라 지쳐갑니다
사랑하는 그대여 먼 훗날 그대가 나를 기억한다면
아팠던 추억보다 참으로 행복한 추억을 기억하는 당신이기를......,

사랑을 한다는 것은

누구를 사랑한다는 것은
끝없는 인내와 믿음을 필요로 함을 가슴으로 느낍니다

당신을 사랑한다는 것은
모든 것을 바쳐 그대를 위해 희생하는 것이기에
한 편으로는 쓸쓸한 일인 것입니다.

그 모든 것을 알고도 굳이 사랑을 해야 한다면
후회를 남기지 않도록 모든 것을 불태워서 사랑할 수 있다면
그렇게 쓸쓸한 것만은 아니었다고 말할 수 있으면 좋겠습니다

사람마다 느끼는 사랑이란 다른 것일 수도 있겠지만
한 세상을 살아감에 있어 사랑하기에도 부족한 시간을
이기심과 질투와 의심으로 보낼 수는 없겠지요

이제는 사랑에 대한 기대를 버리려고 하지만
자꾸만 기대하고 바라게 되는 것이 사람의 마음인가 봅니다
내 마음 있는 그대로 진실된 사랑을 이루고 싶습니다.

제목 : 사랑을 한다는 것은
시낭송 : 박영애
스마트폰으로 QR 코드를 스캔하면
시낭송을 감상할 수 있습니다

20

봄비의 사연

봄비 오는 날이면 외로움도 미끄러져 내리고
모든 인생사 어두움이 사라지고 사랑 소리 들리는데
그 꽃향기에서 피어나는 향기로운 아름다운 소리

봄이라는 이름의 두렵고 떨리는 계절 속
그리운 사랑의 외로운 고독의 나무는
이 빗줄기 속에서 더 자랄 수 있으면 좋겠습니다

이 세상 지금 이 아득한 계절에
마음으로 울지 않는 이 누구랴
우리 만나는 기다림의 그 멋진 곳에도
그날도 창문 밖 풍경 속으로 그대와 내가 서 있었지

온 세상 내리는 비야
사랑의 비를 그대 가슴속에도 부어 주어
아픈 상처 씻어주면 좋으련만
사랑으로 내리는 봄비라면 그대 마음의 강을 적셔주겠지

지난 봄날 마음을 열어두었던 그곳에서 나도 비가 되어
가다가 또 가다가 그대를 만나기를 소망하며
그대 외롭고 고독한 가슴 찌르는 차가운 비가 아니라
늘 부드러운 사랑의 노래로 그대 가슴을 만지리라.

이름 없는 눈물

저 산 넘어 산등성이 끝에 반쯤 걸린 반달
반은 그대가 있는 하늘 위에
나머지 반은 내가 보고 있는 이곳에

보고픔에 지쳐있는 그대와 나를 위로하기 위해
서로의 몸을 나누어
그대와 나를 지켜보고 있나 봅니다.

짙은 침묵 속에 가라앉아 어둠에 채색되어 가는
오색 빛 네온을 바라보면서
이름 없는 눈물이 주르륵 흘러내립니다.

먼 하늘 아래 있는 당신도 힘든 것 알기에
눈물 따위에 지지 않고 흐트러지지 않으려
더 높은 곳에 버티고 있는 하늘을 올려봅니다

그리움에 지쳐 가슴이 다시 한 번 내려앉아도
그대가 보고 있는 달빛에 눈물 보이지 않으려
참고 또 참아야 하는 것이 사랑인가 봅니다.

제목 : 이름 없는 눈물
시낭송 : 박영애
스마트폰으로 QR 코드를 스캔하면
시낭송을 감상할 수 있습니다

사랑의 아픔

그대를 좋아하고 그리워하며 사랑하는 것
그 마음을 얻기 위해 매달리는 것이
얼마나 힘들고 고통스러운지

바람에 흔들리는 갈대 위에 엮힌 사랑처럼
보이지 않는 나만의 사랑을 실어놓고
여기저기 바람이 울면서 불고 흔들면

불안함으로 잠 못 이루는 나의 가슴 한 편은
흐르는 강물이 물살을 일으키는 것처럼
춥고 긴 긴 겨울밤 노숙자가 되고야 만다

사랑과 그리움조차 구별 못하는 나의 흔들리는 마음은
내 연약한 가슴의 깊은 심연에서 넘치는 사랑은
소금 치면 파닥이는 물고기 같은 나를 본다

참으로 이토록 사랑처럼 힘든 일이 어디에 있을까?

이제 알았어요 사랑인 줄을

어느 날
우리 둘 우연히 만나서
서로에게 아픔만 남기고 아쉬운 세월만 지났습니다

날마다 그리움과 설렘으로
그대를 한없이 기다리지만
세월에 변해버린 나를 보며 실망할까 두렵습니다

너무 젊어서 사랑을 몰랐던
그 귀한 사랑을 이제야 알았습니다
그것이 사랑인 줄을 깨닫지 못하였습니다

지금은 그대를 위해 남겨둔 내 사랑
오직 그대만을 위해서
힘든 세상 당신의 사랑을 위해
내 마음을 드리려 합니다

받기만 하고 아무것도 해 준 것 없는 당신에게
이제라도 그대가 원하기만 한다면
당신이 내게 준 그 귀한 사랑을
오직 그대에게 바치려 합니다

오직 나 하나만을 위해
가슴으로 눈물 적신 지난 세월
세월이 흘러 당신의 사랑이 변한다고 하여도
그대가 행복할 수 있다면
나의 모든 것을 던지겠습니다.

그대만을 위한 소중한 말

그대만을 위해 소중하게 표현할
마음을 움직일 말 한마디 있습니다
그대만을 위한 아주 귀한 고백을 합니다

사랑한다는 말보다, 보고 싶다는 말보다
더 소중하고 아름다운 말이 있을까요
나는 오늘도 여전히 사랑한다는 단어 외에는
다른 말을 할 수가 없습니다

평범한 "사랑한다"는 그 한마디
"오늘 하루도 많이 보고 싶었어" 이 한마디가
그대는 행복해하고 소중한 에너지가 됩니다

그대를 위해 표현하는 평범함이 가슴속에 들어오면
"사랑한다"는 그 말, 당신이 기쁨을 느낄 때
이 세상에서 가장 소중하고 보석 같은
별이 됩니다.

진정한 사랑

진정한 사랑은 기다림과 그리움으로써
시작된다던 사랑의 진리
그대가 떠남으로써 나는 그 사랑을
이별을 통해 절실히 체험할 수 있었습니다

내가 만든 커피 향을 유달리 좋아하던 당신
오늘도 뜨거운 커피 향내 속에
가슴속에 그윽하게 밀려오는 그리움

하얀 잔 속의 검은 액체 위에
나의 영혼과 순백한 육신을 바쳐
당신의 사랑이 여누르지 못한 아픔으로 장식된다

당신은 내게 한없는 뜨거웠던 환희와
가슴 조이는 그리움을 안겨 주었고
나는 그 사랑의 현란함에 언제나 행복했습니다

이 세상 어느 무엇보다 소중한 것 알려준 당신
영원히 돌아오지 못할 길을 택하신 당신이지만
나는 당신의 소중한 사랑을 기억하면서
그 사랑의 환희에 오늘도 눈물 흘립니다.

그 사람

세상에 무엇보다도 소중했던 그 사람
언제나 그리고 누구도
그 자리를 대신할 수 없는 그 사람

다가갈 수 없음으로 인해
이제는 같은 하늘 아래 있다는 것만으로
행복해야 하는 그 사람

언젠가 또 다른 시간 속에서 우리의 만남이 있다면
그 시간조차도 소중하다 여기기에
지금의 아픈 시간의 기억을 먼 기억 속으로
보낼 수 있을 것을......,

수많은 세월을 나의 그리움으로 떠오르던 그 사람
나를 기다림이란 외로운 바다로 이끌어 준 그 사람
그러나 아픈 내 삶을 그리움이란 행복으로
이끌어 준 고맙고, 사랑스러운 영원한 내 사랑입니다.

제목 : 그 사람
시낭송 : 박영애
스마트폰으로 QR 코드를 스캔하면
시낭송을 감상할 수 있습니다

28

거울

세월의 흐름 속에서 마주친 얼굴이 있다
세상의 벼랑 끝에도 가보고
쫓기다시피 산 증인이 보인다

마주 보는 너를 보며 생각나는 단어는
가엾다, 그리고 또 가엾고 미안하다
그리고 너를 아껴주지 못함에 한없이 부끄럽다

스쳐보면 긴 시간 찰나와 같은데
굴곡진 계곡에는 과거의 함성과 아픔이 배어 있고
거친 황야에는 말라버린 눈물도 보인다

내가 아닌 나를 보는 순간은
세월의 탓이라 돌리고 싶지 않다
언젠가 떳떳한 너를 다시 볼 수 있기를......,

봄 그리고 사랑

봄은 사랑의 계절인가요
봄이 되면 둥근 보름달 속에
이제 싹을 틔운 작은 꽃봉오리처럼

내 마음속에도 당신이 그리워 보고 싶습니다
겨울의 차디찬 마음보다는
따스한 당신의 가슴을 노크하고 싶습니다

조금은 쌀쌀한 느낌도 봄을 위한 몸부림인가 봅니다
다가오는 봄은 사랑이 있고 기쁨이 있으며
만남이 있을 때 헤어짐도 있겠지요

그대와 나의 바람은 사시사철
사랑의 소통과 서로에 대한 위로는
변함없는 따뜻한 봄 하늘 같았으면 합니다

저녁 하늘 먼 하늘 달을 보며 이 봄을 노래할 때
피는 꽃 고운 향기에 그대와 나의 사랑도
함께 아름답게 필 수 있기를 기대합니다.

사랑이란 5

사랑이란
끝없이 보고 싶고 그리운 마음

아무리 바라보아도
달리 보이는 눈부신 보석이고
아쉬움이 남는 것이 사랑이겠지요

당신이 느끼는 아픔마저 걱정하는 마음
사랑이란, 나를 잃어버릴 때도 그리고
마음을 빼앗기고 잃어버리고도
기뻐하는 마음이 사랑인가 봅니다

나 자신보다 더 당신을 위하는 것이고
나의 소중한 자존심이 알몸뚱이가 되는 것이고
아무리 세월이 흘러도
변하지 않는 감동과 설렘을 주는 당신입니다

사랑이란
끝없이 그리워하며 무엇이라도 주고 싶은 것
나의 마음이 오직 그대에게만 가는 것
이것이 사랑이겠지요.

사월의 향기

겨울의 찬 기운 어느새 사월의 향기에 물러가고
대지를 적시는 봄비와 함께 꽃비도 뿌린다

지난 세월 목 놓아 외치던 아픔을 뒤로하고
오고야 마는 사월의 따스한 봄 살보다 더 큰 생채기는
아직도 아픔이 아물지 못한 채 세월 따라 흐르고 있다

광야에 외치는 소리는 희미하지만
영영히 이어지는 계절의 절절한 의미를 뒤로하고
옛 님을 생각하니 오는 봄만 기뻐할 수가 없구나

봄바람의 자취는 아무리 불어도 자취가 없지만
고운 향기 느끼는 너의 고귀한 사월에 님을 향한 그리움은
연연히 이어온 내 마음의 슬픔이구나.

* 사월의 아픔을 기억하면서~~

그대 마음에 봄이 온다면

사랑하는 당신의 귓가에 기쁨과 행복의 소리가
이슬방울처럼 맑고 깨끗함으로 가득했으면 좋겠습니다

그대 마음에 봄처럼 다가오는 행복에
언제나 밝고 힘찬 하루가 되었으면 하는 바람입니다.

그대 걸어가는 발자국에 봄의 향기가 가득하고
그대 바라보는 눈 속에 봄의 풍경이 가득했으면 좋겠습니다

봄 햇살 따스한 산책길에 그대의 마음속으로 들어오는
봄바람이 내가 되었으면 좋겠습니다

그대의 아름다운 봄을 보는 눈길 속의 봄꽃처럼
아름다운 눈동자 속에 내가 담겨 있으면 참 좋겠습니다.

제목 : 그대 마음에 봄이 있다면
시낭송 : 박영애
스마트폰으로 QR 코드를 스캔하면
시낭송을 감상할 수 있습니다

33

만들어 가는 사랑

사랑하는 그대여!
그대와 마주 보고 미소 지을 수 있는 것이
우리가 예쁘게 살아가는 모습이 아닌가 합니다
사랑은 믿음과 정으로 엮어가는 것이 사랑이겠지요

사랑이란 항상 행복하다고도 볼 수는 없지만
사랑하고, 그리고 행복하기 전에는
그만큼 우리가 힘든 외로움의 시간도 있었습니다

사랑은 우리의 삶 속에서 없어서는 안 되지만
사랑의 열정은
나와 그대의 에너지이고 살아가는 이유가 됩니다

우리의 사랑이 행복하다고 느낄 수 있고
고맙고 감사함을 느낄 수 있다는 것이
참으로 축복일 거라는 생각을 하게 합니다

사랑하는 그대여!
그대와 만들어 가는 사랑이 참으로 행복합니다
고맙고, 사랑스러운 그대여! 참으로 많이 사랑합니다.

슬픈 사랑

사랑이란 이름하에 다가서서는 안 되는 사랑
감히 사랑이라 이름하에 혼자만의 마음에 담아두고
철없는 사랑을 시도했습니다

그대를 사랑하면서 내 마음이 많이 아팠다고
그대도 나만큼 아파하지 않았으면 좋겠습니다
당신 때문에 울며 잠든 밤이 많았다고
같이 울어 주길 원하지 않습니다

그냥 나 홀로 아파하고 나 혼자 울다 지쳐도
당신이 밉지 않은 것은 참으로 당신이 좋아서
정말 가슴 시린 사랑을 한 까닭입니다

미안합니다, 고맙습니다,
그리움을 가슴에 지고 어두운 방 안에 홀로 울어도
이렇게 힘들고 슬퍼도 고마운 것은 슬픈 사랑일지라도
그대를 통해 진정한 사랑을 알았으니까요

사랑하는 그대여!
미안합니다, 당신을 잊지 못해서~
더욱 미안합니다, 당신을 너무도 많이 사랑했습니다.

바다를 보며

태양은 구름 사이로 수평선에 걸리고
펼쳐진 푸른 비단 폭에 마음 한 편을 숨겨 놓았다.

머물다 가는 계절은 순간마다 흔적 없이 사라지지만
나는 그냥 저 먼바다를 바라보고 싶었다.

해가 지는 뒷걸음은 아득하고, 멀기만 한데
벌써 저녁노을은 수심의 바다에 누워 버린다

돌아갈 세상은 또다시 때 묻은 어둠인 것을
알고 있기에 발끝을 적시는 파도가 부럽다.

지금 돌아가면 더 나은 새로운 삶일까
그리움도 파도만큼이나 잘게 부서져 버릴까
삶도, 사랑도, 그리움도 노을처럼 몸을 던질 수 있을까

고된 세상 시름 완연히 풀어 버리고
영원히 머무르고 싶은 미련에 넓은 바다를 보며
오늘도 너를 보며 흔들리지 않을 만큼만 살아가기를......,

그리움 찾아가는 길

그리움 찾아가는 길, 마음으로 가는 길입니다
당신을 사랑하지 않고서는 갈 수 없는 길이고
당신이 나의 전부가 되어야 갈 수 있는 길인가 봅니다

누가 만든 길인지 이처럼 가슴 아픈 길인가요
당신에게 가는 길 발자국마다 그리움이요
꿈길에서도 멈추지 못하는 멀고 먼 끝없는 길입니다

돌아서 갈 수도 없는, 가는 길만 있으며
어디쯤 있는지 알 수도 없는 길이요
오직 갈림길 하나 없는 외길일 뿐입니다

그대를 그리워함에 초라함이 나날이 더해도
사랑 하나 위한 길이기에
다시 태어나도 하염없이 울어도 걸을 길입니다

그리움을 찾는 걸음마다 사랑한다 말보다는
내면에서 치솟는 눈물이요 울지도 못하는 아픔이지만
당신 향한 그리움, 내 마음 지쳐 쓰러져도 가야 할 길입니다.

제목 : 그리움 찾아가는 길
시낭송 : 박영애
스마트폰으로 QR 코드를 스캔하면
시낭송을 감상할 수 있습니다

사모곡(思慕曲)

내가 당신을 사모하는 이유는
나의 삶이 이미 내 마음의 한 부분으로
자리 잡고 있기 때문입니다

내가 당신을 한없이 사모하는 이유는
파도가 손짓하며, 바다가 부르듯이
내 영혼이 가슴으로 당신을 부르기 때문입니다

내가 당신을 진정 가슴으로 사모하는 이유는
하루를 살아도, 단 한 시간을 살아도
우리가 한 곳을 보며 사랑하기를 원하기 때문입니다

내가 당신을 이도록 그리워하는 이유는
그냥 아무런 이유 없이 그대가 좋고, 그립고, 보고 싶고
이 세상에서 내가 유일하게 사랑하는
단 한 사람이기 때문입니다.

사랑은 6

예전엔 내 손의 느낌으로만 그대를 알았건만
이젠 눈길 하나만으로도 편안합니다.

덧없는 세월 지나다 보니 웃어주는 그 미소 하나에
이젠 눈빛으로 그대의 사랑을 느낄 수가 있습니다

뜨거운 열정이 아니어도 이제는 그리 서운치 않고
옆에 그저 있어 주는 친구처럼 그대가 좋습니다.

가슴속 깊은 속마음은 그대가 있어 주는 것
그것 하나만으로도 사랑을 느낄 수 있습니다

지금까지 내 옆을 지켜주신 것 고맙고 또 사랑합니다.

얼마나 사랑하는지

내가 그대를 얼마나 사랑하고 있는지.
당신은 알고 있나요

내가 살아 호흡하는 순간에도
긴 시간 종일토록 피곤한 하루에도 언제나
나의 가슴에는 당신의 사랑이 담겨 있습니다

이른 새벽 눈 뜨면 먼저 생각하는 사람
좋은 음식 먹을 때 생각나는 사람,
공원길을 산책하면서도 같이 걸었으면 하는 사람
그 사람이 바로 당신입니다

혹여나 당신이 나를 외면하지 않았으면 합니다
그런 슬픈 날이 있더라도 후회하지 않겠지만.
우리 서로 다른 곳을 바라보지 않고
조금은 그대가 나의 좋은 점을 보았으면 좋겠습니다

하지만 언젠가는 당신도 느낄 수 있겠죠
내가 당신을 얼마만큼 좋아하는지 말입니다
내가 당신을 이도록 가슴으로 그리워하는 것은
그대의 마음 하나 얻기 위함입니다.

나누는 마음

살아가면서 힘이 되는 소중한 사람이 있습니다
나에게 특별히 무엇을 해 줘서 아니어도

살아가는 이유가 되는 사람이 있습니다
마음 하나 나눌 수 있는 것이 나에게는 귀한 것입니다

나의 작은 사랑이 삶의 전부가 되는 사람이 있습니다
아무것도 나눌 수가 없는 상황에서도

세상의 전부를 나눈 것 같은 고마운 사람
우리가 살아가면서 힘들고 외로울 때 있지만

다시 용기를 낼 수 있는 이유도
그렇게 나눌 수 있는
마음의 사랑이 있기에 따스한 정이 흐릅니다.

푸념 한 자락

가끔 한숨 한 자락 내려놓으며
사는 것이 이렇게 힘들다고 지친 푸념을 할 때가 있다
그렇게 자신이 넘쳤던 시절도 있지만
육신보다 마음의 피로가 전신을 적셔온다

마음 한 편 내려놓고 산다는 것이 참 힘들지만
유행가 가사처럼
내 속에 내가, 그리고 생각이 너무 많아서
그래서 나만 생각하고 사는 것인지도 모르겠습니다

겨울이 깊다는 것은 봄이 멀지 않다는 것이지만
외로움이 깊어지고 가까이에 행복이 있다는 것을 모르면
그만큼 내 속에 깊은 주름이 파이고 있다는 얘기일 겁니다

언제쯤 큰 나무가 되어
세상살이에 의연하게 대처할 수 있을 것인지
그때에 가서야 다 거두며 살라고 하는 것인가 봅니다.

그래서 하루를 이렇게 힘들게 하시는 것은 아닐까
그렇게 나를 스스로를 위로해 보면서
시리도록 푸르른 하늘 한 번 더 올려봅니다.

사랑은 블루스

사랑은 빠르고 뜨겁게 한순간에 다가오지만
나에게는 아주 긴 시간으로 여겨지는 것은 무슨 까닭일까요

모든 삶 중에 빨리 완성되기보다는
늦게 완성되어도 좋은 것이 하나 있습니다
그것은 바로 사랑입니다

단 한 번에 만남으로
뜨겁게 타오르는 불같이 뜨거운 사랑의 감정보다는
삶 속에서 보이지 않고 자연스레 진행되는 사랑이
지속되는 진정한 사랑인가 봅니다

어느 날 갑자기
당신 없이는 홀로 살기가 힘든 것을 느끼게 될 때
그대와 나와의 생각이 느낌만으로도 사랑을 알 수 있는
천천히 오는 그런 사랑을 하고 싶습니다

사랑은 블루스처럼 천천히 익어 가면서
적어도 이 세상의 어떤 사랑보다도 우리의 사랑만은
서로의 가슴에 신뢰가 바탕이 된 속도 조절로
블루스의 선율에 당신과 나의 사랑을 담아봅니다.

제2부, 그리움의 노래

그리움의 노래

숱한 날들을 함께 하면서
그림자처럼 나를 지켜 주었던 사람
한여름 느티나무처럼 뜨거운 태양 아래
그늘을 만들어 주었던 당신입니다

시리도록 아픈 추위를 사랑으로 감싸 안으며
그렇게 따뜻한 목소리로
나를 사랑해 주었던 참 고마운 사람

해마다 다가오는 계절이 바뀔 때마다
늘 다른 모습의 당신의 고운 마음
숱한 기억들이 나를 아프게 합니다

오늘처럼 이렇게 그리워지면
나는 살아 있다는 것이 너무나 고통입니다
마음으로 부르는 당신 향한 그리움의 노래는
영원히 당신은 들을 수가 없는 것인가요.

제목 : 그리움의 노래
시낭송 : 박영애
스마트폰으로 QR 코드를 스캔하면
시낭송을 감상할 수 있습니다

46

바람과 별 그리고 그리움

바람과 별 그리고 사랑과 그리움
이 모든 것이 내 안에 존재하는 것은
그대가 내 안에서 그리움으로 남아 있기 때문입니다

그리움은 그리움으로 끝나는 것이 아니고
그리움을 오래 삭이면 별이 된다지만
가슴 가득 밀려오는 시린 바람 소리는 어쩌란 말이냐

밤하늘 허공에서 헤매는 그리움은 또 어쩌란 말이냐
오늘따라 무척 그리운 당신이 너무 보고 싶어서
그래서 그대가 그리울 땐 밤하늘의 별을 보고 있습니다

사랑도 그리움도 미움도 밤하늘 흐르는 바람 따라
모두 날려 보내면 그대 향한 그리움도 사라질 수가 있을까
내가 밤하늘의 별이 되어 그대 있는 곳 비추면 그대는
그리움에 지친 그대 향한 내 사랑을 알 수가 있을까.

그리워한다는 것은

그리워한다는 것이
이토록 아픈 것인지 몰랐습니다.
그대를 이렇게 쉽게 사랑하지 말았어야 했는데

내 삶의 외로움이 눈처럼 쌓일 때
나의 가슴 한쪽은 자꾸만, 그대에게로
숨 가쁘게 달려가고 있습니다.

사랑을 않겠다고 다짐하면서도
외로움을 견디지 못한 그리움이
파도가 되어 철썩이고 있습니다.

그대를 그리워하다 보면
어둠은 나에게 잠을 뺏어가고
불빛에 노출된 긴 어둠이 나를 깨웁니다

기다림에 지치면 찾지 못할 것도 없지만
그대를 만나는 것이 중요한 것이 아니라
그대의 가슴으로 우러나오는 사랑이 그리운 것을요

하지만 당신을 보내려 해도 잊으려 해도 가슴은
놓칠 수 없다고 말하고 있습니다.
이미 나는 그대의 그리움의 포로가 되었나 봅니다.

그리움은 어디까지

그대를 사랑하며 그리워해도
현실에 포로가 된 마음을 스스로는 꺾지 못해서
그리움만 하늘 높이 올려놓을 수밖에 없습니다

유난히 추운 겨울이 지나고 가슴 시린 탓도 있겠지만
나 자신도 어찌할 수 없는 내 마음속의 내가
날 지치게 하고 흔들어 놓곤 합니다

그리워한다고 만날 수 있는 사람 아니라서
그대 향한 보고픔을 참아내자니
가슴속에 식지 않은 그리움만 삭이고 있습니다

아직은 내 마음의 빈자리가 너무 커서
당신에게 달려가고 싶은 마음 문득 들어도
그저 먼 하늘만 쳐다보곤 합니다

그리움이란 아픔과 꼭 함께 해야 하는지
아직도 내겐 풀리지 않은 너무도 큰 과제로 남습니다
오늘은 무척이나 초라하게 느껴지는 하루입니다.

제목 : 그리움은 어디까지
시낭송 : 박영애
스마트폰으로 QR 코드를 스캔하면
시낭송을 감상할 수 있습니다

당신의 미소

비 온 뒤 화사하게 비추는 햇살처럼
당신의 눈빛에 저의 모든 상념은 부서지고
내 마음은 어느새 당신의 사랑 속으로 달려갑니다

봄날 아침 햇살처럼 부드럽게
나에게 가만히 다가올 때면 언제나
꿈을 꾸는 듯 착각에 빠지곤 합니다

당신의 부드러운 미소는 나에게는 축복입니다
한없는 행복함에 눈물이 날 정도로
세상에 이보다 더한 행복은 제게 없을 것입니다

그대여! 내 사랑하는 그대여
나에게 사랑의 행복함을 주는 그대여
언제나 당신을 사랑합니다

당신의 그 미소와 눈빛 속에
나의 모든 사랑과 마음을 드립니다.
그리고 언제나 당신을 많이 사랑합니다.

제목 : 당신의 미소
시낭송 : 박영애
스마트폰으로 QR 코드를 스캔하면
시낭송을 감상할 수 있습니다

빗속의 추억

소리 없는 봄비
대지 위를 한 발자국씩 다가오면
내리는 빗물과 함께 용솟음치는 그리움
가슴이 시리고 그리워도 볼 수 없는 아쉬움은
안개 되어 내 가슴을 적십니다

지울 수 없는 그리움이란 걸 알면서도
쉬이 감추지 못하는 나는 오늘도 어김없이
가슴에서 흘러나오는 그리움의 함성을
긴 침묵으로 듣고 있습니다

그대를 생각하면 나의 가슴속에는
언제나 그렇듯이 그리움이 피어납니다.
이제는 그리움에 지쳐서 더 큰 외로움이 다가와
내리는 빗속에 그대 모습 이제 기억 아련합니다

내리는 빗줄기에 아무런 항의도 못하고
침묵으로 비를 맞는 저 꽃잎처럼
소용없는 자존심으로 말 한마디 하지 못한 채
그저 가슴으로만 아픔의 눈물을 삼킵니다.

기다리는 마음

당신으로 인해서
세상이 더 아름답게 보이고
내 삶의 가치가 소중히 여겨지고
함께 있으므로 행복해 할 수 있는 사람

표정 없이 그냥 미소 하나만으로도
늘 곁에서 나를 지켜주는 든든한 사람
행복을 느끼게 해주는 당신입니다

너무도 행복의 기쁨이 소중해서
어느 순간 누군가 이 행복을 앗아갈까
두려움에 행복에 겨워 속울음도 울었지요
당신은 그렇게 나에게 소중한 사람이었습니다

그대와 함께하였던 모든 시간이
나에게는 이 세상에서의 가장 소중하고
행복한 시간이었습니다

지금도 해바라기처럼 잊지 못하는 그리운 당신을
언제나 나의 곁에 돌아오기를 기다리며
당신 향한 그리움에 하얀 밤을 지새우며
난 그대의 사랑을 위해 기도합니다.

당신을 아는 것이 행복입니다.

긴 세월
외로움과 그리움이 얼마나 피고 지는지
알 수 없어도 그대 알게 되어
또 하나 사랑의 꽃을 피우려 합니다

그대와 만남과 사랑이
메마른 나의 삶에 내린 단비와 같았습니다
그대와 멀어진 이별은
정녕 아련한 사랑의 화수분 되어
가슴 가득 그리움만을 내 가슴에 적십니다

세월이 지나 그대가 먼 발취에서 나를 보아준다면
그것만이라도 보아주는 그대 있어
나는 참으로 행복하고 기뻐할 것입니다

이미 그대와 나는 가까이에서 마주 보지 않아도
서로가 그리움의 끈을 잡고 있으니까 외롭지 않습니다
그대를 알고 사랑하는 것이 내겐 행복입니다.

봄이 지나는 여울목엔~

봄이 지나는 여울목엔
가슴 시린 수많은 얘기들이
겨우내 아픈 이끼처럼 쌓여 있습니다

부끄러운 지나간 나의 모습에
세월은 소리 없이 싸늘하게 지나가고
아쉬움의 흐르는 세월은 바람에 스쳐 갑니다

아직도 그리운 그대를 생각하면
아물지 않은 상처는 세월에 무디어져도
나의 눈빛은 쓸쓸한 가로등을 연상합니다

내리는 봄비에 나의 가슴 시린 계절은
길 잃은 아이가 되어 허공을 헤매고
홀로 견뎌야 하는 나 혼자만의 겨울이 됩니다

과거가 된 아픈 사랑을 보내지 못해
오고가는 계절을 원망해도 이별을 깨닫지 못함은
아직도 당신은 나의 그대이고 내 사랑이기 때문입니다.

내가 바라는 것은

내가 그대에게 바라는 것은
물질적인 것이 아닙니다
나의 마음에 행복을 주는 것은
당신의 고운 미소입니다

내가 그대에게 듣고 싶은 말은
"사랑한다"는 말이 아닙니다
하루의 일부라도
내가 "보고 싶다"는 말입니다

내가 바라는 것은
그대가 성공하고 높아지는 것이 아닙니다
세월이 아무리 흘러도
부드럽고 따뜻해지는 모습입니다

내가 그대와 같이 가고 싶은 곳은
먼 여행길이 아닙니다
동네 공원에 있는 산책길
손잡고 함께 걷는 것입니다

내가 그대에게 받고 싶은 것은
돈도, 옷도, 보석도 아닙니다
언제나 지금처럼 변함없이
그대 마음을 오롯이 나에게 주는 것입니다.

그리움이 넘치면

어느덧
한 해가 지나고 새해가 왔다
또 한 해는 벌써 절반을 앞두고
그 사이에
그대 향한 그리움이 연기처럼 피어오릅니다.

봄 햇살에
푸른 하늘 하얀 구름 위에도
그리움이 연처럼 매달려 있는데
바람의 질투가 옷깃 사이로 스며듭니다

흐르는 세월 속에 그대 향한 마음
아련함으로 외로운 가슴 젖어들고
그립던 고운 모습 떠오르면

그 그리움을 삭여 내려고
내일의 어느 날 언제일지 몰라도
그대 향한 보고픔에 쌓이고 쌓인 그리움을
하얀 구름에 날개 달아 올려 봅니다.

한곳을 바라보는 사랑

당신과 함께 바라본 노을빛 바다는
너무도 아름다웠습니다.

그대는 노을이 아름답다고 하지만
내게는 당신이 더 고왔습니다

같은 곳을 바라보고 같은 것을 느끼며
한곳을 바라보는 당신은 참으로 사랑스럽습니다

당신의 눈길이 머무는 곳에 내 마음이 함께 머물고
말로 설명하지 않아도 마음이 연결됨을 알 수 있습니다

우리 서로 느낌으로 통해서 서로 사랑함이 편안합니다
그대와 내가 한곳을 바라보는 사랑은 참으로 행복합니다.

삶의 무게에 힘든 그대에게~

사랑하는 그대여!
삶이 버거워 힘들어하는 당신을 보면서
나의 마음만으로는 해결할 수가 없지만
당신이 이 세상에서 가장 행복한 사람이 되기를 기도합니다

삶이란 그저 짊어지고 가야 하는 인생의 무게이고
그래서 누구나 다 힘겹게 이어가는 것이 사는 것
당신이 지금 겪고 있는 힘겨움도 삶의 일부입니다

사랑하는 그대여!
힘겨운 여정 일지라도 희망은 보이기 마련이기에
무거운 짐을 진 당신에게 내일은 오늘보다
나은 미래가 있을 것이라고 그대의 슬픈 마음의 그릇에
힘겹지만 힘내라고 응원의 마음을 담습니다

인생이란 지나가는 연속의 한 과정이니 씩씩하라고
위로를 하고 싶은 마음, 그대의 마음에 동행합니다.
사는 것은 준비 없는 잠깐의 여행을 떠나는 것이라고
세상에 길들인 모습이 아프고 슬프지만 그렇게 살고 있는 것이라고....

나는 오늘도 사랑하는 그대를 위해 승리하며 평온하기를
가슴으로 두 손 모아 기도합니다.

당신이란 이름으로

그대가 당신이란 이름으로 다가왔을 때
나는 누군가 먼 훗날 사랑이 아픔으로
다가올지도 모른다고 말했을 때
나는 알지 못했습니다

그대가 다시 사랑이란 이름으로 다가왔을 때
세상의 종말이 온다고 하여도
나는 너무나 행복했고
나는 온 세상을 다 얻었다고 환희하였습니다

그대가 이제 그리움이란 이름으로 다가왔을 때
어떤 아픔이 와도
다시 볼 수 있을 것을 믿었습니다
참으로 긴 그리움에도 오직 당신 하나 뿐이었습니다.

그대가 다시 외로움이란 이름으로 내게 다시 올 때는
세상의 아픈 짐은 내가 다 진 것같이 힘들었네요
오직 멀어진 그대가 당신이란 이름으로
다시 내게 올 수만 있다면......,

내리는 봄비에 햇살이 드리우는 빛처럼
그대만을 생각하며 마음을 열어
불어오는 봄바람에 살며시 기대어
오늘도 당신이란 이름을 위해 두 손 모아 기도합니다.

그리운 시절

우리
청산의 푸르름에 친구 되어 뛰놀며
산새들과 합창하던 때
언제였든가

깊은 골짜기
흐르는 물소리와 함께
뻐꾸기 울음에 사랑시 한 소절 읊어내고
맑은 물에 초록 꿈 담그며 물장구치던 시절
그 언제였든가

개울가 흐르는 물 따라
이파리 하나 동동 떠 있는
차고 맑은 옹달샘의 그리움
깊은 산속 먼발치 지는 해에
다시 올 봄을 기다리며 추억에 젖어 본다.

노을을 보며

거역할 수 없는 자연의 수채화에
마음마저 물들어
물안개 피는 강가에 누운 노을은
나의 눈동자에 비춰
내 마음 한편에 자리한다

바라보는 저 하늘은
사라져 갈 노을을 곱게 색칠하고
어두움이 빠르게 다가오면
반짝이는 별이 대신 하겠지

산자락에 기대어 누운 노을은
누가 만든 것인지
자연의 위대함에 감탄하며
너그럽고 포근한 마음을 너에게서 배운다.

하늘의 별 같은 그대

참으로 소중하고 귀한
아끼고 싶은 한 사람 있습니다

나를 사랑하지 않는다고 하더라도
평생을 기다리고픈 그런 사람입니다

그대에게 나의 가진 생명을 전부를 준다고 해도
아깝지 않을 그대 단 한사람

하루라도 생각하지 않으면
못살 것 같은 사람

어느 곳에 있더라도
내 기억 속에 떠오르는 당신입니다

그런 당신은 내 삶의 가장 소중하고
없어서는 안 되는 내가 사랑하는 단 한 사람입니다.

사랑은 비처럼 다가와~

사랑의 비는
소리도 없이 비처럼 다가와
어느새 흠뻑 나의 몸을 적시고
폭풍처럼 내게 다가와 마음을 가져가 버렸습니다

어느 날 갑자기 나에게 다가온 사랑
영원한 사랑은
존재하지 않는 것임을 절감하는 순간
이미 사랑은 떠가는 구름이 되어 버렸습니다

때론 폭풍처럼, 바람 같기도 하지만
가장 조심스럽게 다뤄야 하는 것이
그 사랑이라는 감정이 아닌가 합니다

흐르는 영상의 필름처럼
사랑은 쉽게 얻을 수 없지만
늘 가꾸고 보살펴야 하는 것이
사랑이라는 것을 알았습니다

사랑의 행복은
결코 쉽게 잡을 수 있는 것이
아님을 가슴속에 새겨 봅니다.

나의 모습

난 어떤 모습일까

내게 주어진 하나의 붓에 열심히
지금의 내 모습을 그려가고 있습니다.

내 그림이 화선지에 거의 다 채워지는 날
지난날을 후회하는 미련 남은 삶이냐

아니면 그래도 아직도 다 채우지 못한
그림에 희망을 품은 삶일까?

기쁨과 환희 때로는 슬픔과 아픔 그리고 좌절
나의 모든 것을 안고 느끼며

하나씩 하나씩 하얀 화선지를
채워 나가겠지요.

어떤 모습이든 어떤 삶이든
난 지금의 내 삶을
지금의 내 그림을 사랑하고 살고 싶습니다.

밤하늘에 사랑의 시를~

그대를 향한 그리움이 보고 싶다고 그리워한다고
당신에 대한 그리움이
치유된다면 밤새워 그리워하겠습니다.

당신이 좋아하는 시 한 편 하나하나에
밤하늘에 빛나는 별들에 주어진다면
당신의 흔적이 이젠 하늘 가득 뿌려졌습니다

하지만 이제는 푸르고 맑은 밤하늘의
저 수많은 별을 다 헤아려 봐도
당신의 이름을 다 새길 수 없습니다

당신의 사랑은
언제나 그랬듯이 그리움 가득 흘러내리는
뜨거운 눈물에 아롱져 가슴 깊숙이 아려 옵니다

밤하늘이 차갑습니다.
하지만 나는 오늘도 별 하나의 추억과
그대를 위한 사랑의 시를 저 밤하늘에 띄울 것입니다.

어머니, 나의 어머니

진달래 피는 봄 가신 어머니
"식아 엄마 죽거든 염하지 말라 화장도 말고 응"
청상에 홀로되신 어머니의 멍울진 한을 안고
당신이 좋아하는 개나리 들고 왔습니다

당신의 삶이 기쁨보다는 아픔이
만남보다는 이별이 더 많은 당신의 삶 속에
세파에 물 들은 하얀 머리 날리며
자식을 위해 살았던 삶, 당신의 기도가 들립니다

철부지 때나, 자라서나
늘 당신의 아픈 세상의 무게는
이 자식은 그 짐을 대신하지를 못했습니다

어머니!
삶이 고단하고 내 몸이 아프고 힘들 때
그리움의 눈물 속에서 불러보는
엄마... 가장 그립고 따뜻한 그 이름

바람도 머리 숙이고 구름도 돌아서는 밤 떠나신 엄마
"어머니 사랑합니다, 그리고 많이 보고 싶습니다."

무엇이 더 필요하나요?

내가 당신을 알고

그대가 나를 알고 있는데

무엇이 더 필요한지를 알지 못합니다

그대를 사랑하며 당신을 알아가고

내가 당신을 닮아 가는 것 외에는

무엇이 더 필요한지를 알지 못합니다

그저 당신의 마음에 내가 있고

나의 마음에 그대의 사랑이 있음을

나의 이성과 감성에 없어서는 안 되는 사람인 것을요

당신의 따뜻한 가슴을 알게 하여 주어서 행복하고.

나의 품에 당신을

안아볼 수 있게 해주어 행복할 뿐입니다.

미완성 수채화

돌아다봅니다, 삶의 뒤안길을
어느 날 문득 하얀 화선지를 조금씩 채워가다가
멈추고 말았습니다

지금까지 무슨 그림을 그려왔는지
앞으로 더 채워야 할 것이 무엇인지
지우고 싶어 지우개를 찾은 적은 없었는지

참으로 열심히 그려온 화선지의 그림이
지금은 약간 후회와 안타까움으로
잘 마무리를 할 수 있을까 불안합니다

누구나 완성된 그림을 바라볼 수는 없겠지요
세상을 마무리하는 순간까지도 우리는
무엇인가 열심히 그리고 있을 테니까요

잠시 멈춰서 바라보았던 나의 미완성 수채화
봄 햇살 가득한 지금 이 시각도 열심히
어느 한구석 예쁜 한 점으로 그려지고 있음을
나의 영혼으로 느껴 보는 시간입니다.

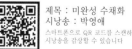

제목 : 미완성 수채화
시낭송 : 박영애
스마트폰으로 QR 코드를 스캔하면
시낭송을 감상할 수 있습니다

사랑과 고독 그리고 내일

세상 사람 누구나가 가지고 있는 습성이
때론 그저 홀로 길고도 기나긴
고독의 강을 희유하다
스스로 외딴섬 안에 갇히고 만다

기다리지 않아도 늘 돌아오는 시간
스쳐 가버린 지금은 잃어버린 세월이고
혼자 남겨진 공간 차라리 고독에 빠지자

기다림의 울타리, 늘 희뿌연 성애만 남겨진다
죽지 못해 산다는 것은 너무나도 슬프다
쓰러지는 나를 안고 어둠 안에 잠든다

총총히 새겨둔 별빛 사이
서로가 까마득히 멀고 먼 자리에
언젠가 물밀듯 다가오는 사랑 또한
저 별빛처럼 너무나도 멀게만 느껴진 하얀 공간

하지만 고독 속에서 내일은 오고
고독 속에서 이 밤 하나의 생명은 잉태하고
찬란한 산고를 거쳐 내일이란 이름으로
탄생하고야 만다.

* 먼훗날 펼칠 하나의 작품을 위해 새벽을 보내며.......

인생 그리고 시간

어느새 세월이 저만치 지나면서
나를 앞서가 있는 시간의
뒷모습을 보면 쓸쓸함이 가슴을 적십니다

세월이 흐를수록 시간은 점점 빨라지고
언젠가는 원망도 했었지요
시간이 빨리 안 간다고, 그리고 내가 시간을
앞서 달린 적도 있었습니다

허둥댈 시간마저도 없이
무심히 흐르기만 하는 세월 앞에
나는 무기력하게 웃고 있을 뿐입니다

하지만 오늘도 내게 시간이란 것이
주어졌다는 것에 감사하려 합니다
시간 앞에 너무 많은 것을 욕심내지
말아야 할 것 같습니다

내게 주어진 행복 충분히 즐기면서
내 마음의 밭에 삶에 대한, 그리고 사람에 대한
사랑의 씨앗을 열심히 뿌려야 하겠습니다

오늘이 가면 또 시간은 내일이 오고
우리 앞에 새롭게 열릴 테니까요

깊은 밤 당신이 그리울 때

깊은 밤
내가 마음이 허전하고 슬플 때
외로움이 어깨를 누를 때
오래된 사진첩을 열었습니다

온종일 마무리 못한 일이나
그리고 왠지 모를 외로움에 당신이 그리울 때
가슴에 담아둔 인생입니다

모두 잠든 고요한 시간 지나는 바람 소리가
적막함을 더하고
잠 못 들고 뒤척여 본 적 있나요?

퍼내고 또 퍼내도
마르지 않을 것 같은 우리 사랑이
지금은 지나간 추억 속에 묻혀 버렸습니다.

언제라도 내가 바라보면
그곳에 서 있을 것 같은 당신이
이 밤 그리움에 지금은 차곡히 접어 두었던
당신의 사랑을 펼쳐봅니다.

당신의 존재

내가 아프고 힘들고 외로워지면
그리운 그대 더욱 그리워지고
그대 있는 곳 너무 멀다고 느끼면

나의 영혼의 뿌리는 시들어지고
언젠가 내가 지쳐서 자신을 잃으면
생명이 비처럼 대지에 스며들고 사라지겠지

하지만 내가 죽더라도
그대를 이처럼 그리워하고, 사랑을 품고 있다면
내가 죽은 후 그 대지의 희망의 움터가 소생하여
생명의 씨앗을 피울 수 있는 것처럼

그대는 나에게 그러한 소중한 존재입니다.

행복의 의미를 일깨워준 그대

누군가를 그리워하고
그 그리움이 사랑으로 자라고
그 사랑이 다시
그대와 나의 좋은 인연으로 이어질 때

하루 종일 보고 헤어져도
밤하늘의 별빛을 보면 또 보고픈 사람
그런 밤이 되면 또다시 그리운 사람

얼굴만 떠올려도
입가에 미소가 떠오르는 좋은 사람
이름만 들어도 느낌이 오는 사람 바로 당신입니다

그대 한 사람만을 위하고 우리만의 사랑을 꽃 피우고
당신이라 부를 수 있는 한 사람만을
더 깊이 배우는 그런 삶

내가 그대를 사랑하고 서로 존중하는
이것이야말로 힘겹고 괴로운 삶이라도
우리가 세상의 실망 속에서 참고 견디는 이유였음을

사랑을 주고 행복을 일깨워 준 그대
참으로 당신이 고맙습니다, 그리고 행복합니다.

다음 세상에서도

내 작은 가슴에 그대를 항상 담아있어도
느끼지 못하고 만지지 못하는
언제나 허무감만 넘치는 흔적일 뿐입니다

흐리고 빛바랜 사진 속에 그대를 항상 담아있어도
언제나 느껴지는 건 아픈 추억.
야위어진 가슴 울리는 그리움입니다

그날도 오늘처럼 세찬 바람이 불었습니다
그대 없는 슬픈 세상에서
나 혼자 버티기엔, 외로움 너무 크게 다가왔습니다

다음 세상을 남기고 간 그대가
지금 너무도 원망스럽지만
그대를 참으로 사랑합니다, 다음 세상에서도......,

사랑하는 그대에게

그대를 볼 때마다 아직은 가슴 설레는
두근거리는 마음이 내 가슴에 존재합니다
그대의 원하는 모든 걸 다 줄 수 있는 마음

수많은 세월이 흘러도
그대에 대해 모든 것을 다 안다고 할 수는 없지만
그대의 사랑한다는 하나만은 진실인 것 같습니다

수많은 사람 중에서 그대를 선택하고
그대의 허물까지도 모든 것을 사랑한다고
힘차게 말할 수 있는 마음입니다

참으로 그대가 고마운 것은
아직도 나의 마음 안에 사랑이 남아있었음을
일깨워 준 그대는 진정 나의 귀한 사랑입니다

그대를 사랑함으로
행복한 마음일 수 있게 해 준 그대
항상 미안하고 고맙습니다, 그리고 사랑합니다.

76

제3부, 나의 노래

사랑 찾아가는 길

사랑을 찾는 길
우리의 삶의 곁에 항상 함께하는
숨 막히도록 가슴 찡한 일입니다.

때로는 긴 기다림에, 타다가 꺼진 불씨처럼
허무하기도 하고 초라함으로
가슴을 적시기도 합니다

사랑을 찾아가는 길은, 기쁘고 행복만 있어 보여도
기쁨보다는 슬픔이 환희보다는 고통이
후회가 더 많은 것이 사랑입니다

그리움에 사무쳐 그대가 없는 이 세상
상상할 수 없기 때문이라서
아픔과 고통이 있어도
그대라는, 당신이라는 이름 때문에 찾으려 합니다.

나는 그대의 촛불이 되리라

유달리 맑은 밤하늘
당신에 대한 진한 그리움이 더한 밤입니다

그대의 보고 싶음에 목말라 쳐다보는 밤하늘
유난히 그대가 좋아하는 별들을 헤아립니다

수많은 별을 다 헤아려 보아도
별들 속에 그대의 이름을 찾을 수 없습니다

그대가 없는 밤하늘은 초라함만 남아서
내가 간직할 별들도 없습니다

오늘 밤도 별 하나의 당신을 수없이 되뇌이고
눈물 흘려 보았지만.
언제나 그리움에 가득 찬 식은 눈물뿐입니다

이제 만날 수 없는 당신 앞에
작은 나의 육신은 떠난 당신의 또 다른 촛불이 되어
영원히 당신을 마음속에 남기려 합니다.

당신이기 때문에

당신을 만날 때
내 가슴이 두근거리고 그 설렘이 나를 부를 때
당신의 사랑을 가슴으로 느낄 수가 있었습니다

그대를 사랑하기 위한 걸음에는
세월과 환경에 따라 알 수 없는 일들이
우리를 변하게 할지도 모릅니다

하지만 그대를 위한 나의 사랑은
간절한 그리움도 미칠 듯한 고독감도
사랑한다는 단 하나의 이유만으로 이길 수가 있습니다

사랑은 늘 그대와 나의 둘만의 이해와 사랑으로
우리 사랑이 지속되는 것이 아닙니다
그러나 미래를 예측해서 그대와의 사랑을 멈출 수 없습니다

나는 그곳에, 그대라는 이름, 당신이 있기 때문에
그리고 그대와 나의 아름다운 사랑이 있기에
그대와 나의 사랑을 지킬 것입니다.

사랑을 잃을 때

흔들리는 바람에 사랑을 띄워 놓고
조그만 바람만 불어도 잠 못 이루는
나의 마음은 차디찬 겨울밤이 되고 만다

한 사람을 그리워하고
그 마음에 매달리는 것이 얼마나 힘든 것인지
사랑처럼 힘든 것이 있을까

사랑과 그리움에 갇혀 외로움이 나를 누르면
나는 흐르는 강물에 내 영혼을 던져버린다
바람이 그치면 또 새파란 하늘 속에 나를 눕히고 만다

흐르는 강물이 괴로운 물살을 일으키는 것처럼
바람 많은 어느 봄날 오후 사랑을 잃은
한 사내의 푸념이다.

그대가 남긴 계절

흐르는 세월 사이 내 옆에 앉은
가을은 조용히 나를 품에 안았습니다

귀뚜라미 노래하는 가을 저녁은
멀리 있는 사랑하는 이의 자장가로 들리고

이제 초록을 원치 않는 저 들풀도
바람 불고 또 불면 떠나가겠지

모든 것이 당신이 주고 간 계절의 순리
모두가 길 떠날 준비에 남는 것은

아름다운 향기 품은 가을 저녁의
한 구절의 시 한 편인 것을

그러나 외로워 말자
그렇게 그렇게 우리는 떠나야 하니까.

당신의 흔적

떠나는 기약 없는 설움에
어딘가 기대고 싶은 따뜻한 포옹이 그립다

여린 햇볕도 서산에 기울고
손짓하는 낙엽의 이별 소리에
내 마음은 흔들리고 만다

뜨거웠던 한때의 사랑이 떠난다고
지워질 수는 없지만

그대가 말없이 홀연히 가버려도
추억으로 남겨 놓겠습니다

당신이 주고 간 많은 흔적이 곳곳에 많아도
아쉬움만 가득한 가을 저녁입니다

저문 하늘 가을 창가에 그리움을 삼키면
스치는 구름 속의 달도 같이 울었다.

가을 이별

한 줄기 바람에 떨어지고
여기저기 흐르는 가을
가을이 이별의 소식을 전하려 합니다

내게 남는 것은 그대 마음 한가운데
나의 그림자 한 조각이면
만족하고 떠나려 합니다

낙엽 지는 공원에서 그대가 내게 갖고 와야 할 것은
푸르른 하늘에 취할 붉은 눈동자입니다
그대와 내가 이별을 준비할
두 잔의 진한 커피값은 내게 있습니다

이상을 위해 풍진을 질타하다가
취하는 것이 아니라 고뇌의 삶을 마무리하는 것인데
하늘의 유성은 찬란하되 한 순간 타버리고
꽃은 계절마다 피어나도 낙화한다

하지만 그래도, 그래도 찬란한 유성이 되고
꽃이 되고 낙엽이 되고 싶은 것은......,

선물

나의 살아온 삶 중에서 가장 훌륭한 진정한 선물은?
건강, 물질, 사랑, 명예 무엇이 가장 큰 선물로 다가왔을까
대지 위의 공기처럼
아무렇지도 않게 당연히 느끼며 살아온 건강일까

피땀 어린 노력의 결과로
나눔과 배려의 행복을 느끼는 돈일까
흐르는 세월 속에서 나를 지켜주며
세상에서 나를 가장 소중히 생각하는 사랑일까
그리고 세월의 흐름 따라 지워지고 마는 명예일까

삶의 황혼에서 가장 큰 선물은 지금 이 순간
내가 존재하고 있는 것으로 시작인 것 같다
이 순간이 아니면 내가 알 수도 느낄 수도 없는
깊은 사고와 무의식 속에 나의 주위를 둘러싸고 있는
현재라는 의미가 가장 큰 것을

짧지도, 길지도 않은 인생을 살아오면서
참으로 나의 인생의 가장 귀하고 큰 선물은
바로 이 순간인 것을......,

나의 노래

소년은 들판의 푸름과 정기를 받았다.
달리는 소년은 태양보다 붉었고
꿈은 창공의 솔개보다 높이 날았다.

오월의 빨리 시드는 장미 뒤에
퇴색한 영광의 들판을 지나면서
세월은 면류관을 시들게 하고
사나운 바람으로 명예의 옷을 벗겼다.

힘이 다해버린 세월의 죽음을 보면서
초원을 달리는 푸른 갈기는 흐트러지고
흐르는 시간에 색 바랜 영광을 내어 준다.

운명을 가로지르며 외쳤던 노래를 기억하고
현재를 먹어버리고 짙은 그림자를 남겨버린
과거를 돌려 세워, 긴장과 자국을 다시 찾는다.

이제 창공의 꿈은 세월에 던져버리고
의미와 가치와의 동침을 사랑하면서
백색 갈기 날리며 초록빛 하늘을 달린다.

현재를 포옹하고 미래를 손짓하며 부르는
나만의 노래.

제목 : 나의 노래
시낭송 : 박영애
스마트폰으로 QR 코드를 스
시낭송을 감상할 수 있습니

세월의 뒤 안에서

한 해를 보내며 깊어가는 겨울만큼
이미 아팠던 순간도 다시 그리워지는 시간

떨어지는 낙엽이 잃어버렸던 마음이 되어
거리를 갈 곳 없이 헤매는 방랑자

매 순간이 옛날이 되는 흘러간 사랑노래는
나의 가슴을 관통하는 진홍빛 그리움
빗살처럼 스쳐 지나가는 세월이구나

거리에 휘날리는 하얀 눈처럼
잊히진 아픔을 되새김질하는 초라한 영상

그렇게 흐르고 또 지나는 세월 속에
곰삭는 그리움만 안개처럼 사라져 갑니다

눈꽃이 되어버린 나목이 되어가는 내 마음은
작은 바람에도 가슴 시린 앙상한 그리움이 되고......,

사랑의 향기

우주 만물이 세월의 흐름 따라
모든 것 잊혀가지만
그대 단 한 사람만 사랑하다
떠나간 사람이라고
나를 그렇게 불러주면 좋겠습니다

나는
당신의 사랑 안에서 피어나,
당신의 사랑을 먹으며
마지막까지 당신 안에서 행복했습니다
진정한 사랑이란 가시나무에서 피어나는
아픔의 꽃인 것을 알았습니다

그대의 사랑을 얻기 위해서는
내 마음을 먼저 열어야 했기에 때문입니다
세상의 상처와 분노로 채워진 나의 마음을
그대는 희생과 사랑으로 열었습니다

내 삶이 다 끝날 때까지
그대의 사랑 안에서 머무르다가
내 영혼의 심지가 모두 메말라
그때에 내가 다음 세상으로 가면
거기에서 흐르는 눈물에서만 피어나는
한 송이 꽃이 되어 그대에게 드립니다.

겨울 그리고 우체통

떠나야 하는 세월 앞에 모든 것 내어놓고
하얀 눈꽃 쌓이는 겨울의 빛깔
이 겨울 우체통을 보며 누군가에게
편지 한 장 쓰고 싶다

어느덧 뒹구는 낙엽도 다 쓸어가고
찬바람의 신음 소리 안타까울 뿐
서러움 깃들고 떠나야만 하는 세월의
이유 모를 아픔

그 많은 사연들 품에 안고
누구에겐가 가기를 기다리지만
난 빈 가슴 이 겨울 갈 곳 없어
하나의 겨울 편지로 너를 보내고 만다

나도 가고 싶다, 이 겨울 따라서
내 가슴에 쌓인 절절한 사연 안고
나를 사랑하고, 읽어 주는 그 사람을 향하여

어제의 그리움

높은 산 낮은 산 휘돌며 물들이다
순식간에 이별하는 저녁노을 강가에 누이고
나의 따뜻한 입김에도 간곳없이 식어버린 붕어빵
싸늘한 아픔으로 허기 채우고

겨울 저녁 차가운 골목 사이 매서운 칼바람
식은 붕어빵 하나에 작은 행복이 있던 시절
오늘은 지나는 햇살을 살그머니 붙잡아 스쳐 가는
조용한 바람과 대화하고 싶다

해 저무는 잿빛 도시 마주 보며 달려왔던 길
오늘은 그래도 흘린 눈물만큼 바꾼 화려한 햇살
나누는 사랑의 손길 그대로
세모의 사랑의 종소리에 촉촉이 젖고 싶다

오늘을 위해 참 많이 울었던 어제의 아픔들이
어제의 그리움으로 변해서 빈 가슴에 스민다
가슴 깊이 들여다보면 그리움도 희미해지면서
이 세상 손 놓기 전까지 겨울 추억으로 변해있구나.

행복이란 향기

나에게는
항상 작은 행복의 향기가 있습니다
언제나 그대를 마음만으로 바라보아도
행복을 느끼기 때문입니다

꽃의 향기는
흐르는 세월 속에 조금씩 사라지지만
나의 마음에 자리 잡고 있는 그대의 모습은
영원한 향기로 내 곁에서 남아 있습니다

세월이 흐르고 시간이 흘러도
주름이 하나둘 늘어가도
언제나 변하지 않는 그대의 사랑은
행복이란 향기의 이름으로
나의 가슴에 남아있을 것입니다.

사는 동안~

사는 동안 늘 웃는 일만 있을 수 있겠습니까
좋은 일만 있을 수 있겠습니까

생각지도 않게 가슴 쓰린 일도 있고
어려운 실패도 있지만

나 홀로 외로움에 한숨 쉴 일도 있지만
세월은 내가 다시 살아가도록
하루하루 소중한 가치로 보태줍니다

사는 동안 때로는 외로움과 고해가 많지만
지나온 세월이 사는 방법을 그려줍니다
힘들고 어려워도 참고 견디노라면

때로는 아픈 가슴으로 눈물을 훔치면서도
세월은 나를 다시 시작하도록
살아가는 가치와 방법을 일깨워 줍니다.

시혼을 찾아 2

우주가 잠든 깊은 밤 그리고 너를 찾는 밤
우수수 떨어지는 수많은 시어를 부르며
너를 찾는 나를 두고 너는 망각의 시간을 떠난다
오늘도 너를 찾기 위해 긴 여행을 떠나야 하는가

내리는 눈꺼풀과 씨름하며 너를 찾을 때
이제 자정이 지나 긴 밤이 한참 저물어
나직한 목소리로 깊은 숲을 건드리면
알몸의 흰 넋이 자신인 것을 깨닫는다

나는 떠나지 않는다, 그리고 그대를 찾는다
잠시 보이지 않는 시간의 흐름
다시 돌아올 또 하나의 계절로 떠도는
사랑의 말, 작별의 말일 뿐이다

어디에 있는지 아는 것이 하나도 없어
깊은 밤의 침묵 속에 숨어있는 너를 찾아
가슴에서 죽지 않는 발가벗은 영혼의 불꽃으로
오늘도 너를 만나려 한다.

＊유달리 습작이 되지 않는 때가 있어요
시간은 흐르고 잠이 와도……,

당신에게 보내는 편지 2

세월은 흐르고 흘러 여기까지 왔는데
어떻게 흘러온 세월인지
한 해가 참으로 빠르기만 하네요

젊을 때는 앞만 보고 달리다가
당신의 귀한 희생 깨닫지 못하고
이제야 흰머리 주름진 얼굴 보며
고마운 정, 가슴으로 울고 있네요

젊어서 내가 잘난 인생인 줄만 알고
말없이 숨은 고생 마다치 않고 지친 세월
나 하나만 믿고 내가 힘들 때 같이 울어준 당신
챙기지 못한 미운 모습 용서해 주오

모진 세파 절망하며 실망하던 나에게
따뜻한 마음으로 지켜준 당신
사랑이 얼마나 귀한 것인지 알려준 그대
당신은 나의 삶의 전부입니다

이제는 남은 인생 당신만을 위해서
고운 추억만 하나둘 쌓아가며
당신을 위해 가슴으로 기도하며
늘 감사하는 마음으로 살겠습니다.

겨울밤

겨울밤입니다
아름다웠던 가을의 전설이 막을 내리고
싸늘한 겨울 빛깔이 우리 가슴을 색칠합니다

검푸른 하늘엔 어둠 속을 가르는 불빛처럼
추억의 그림자가 스쳐 지나가고
오늘도 그리움만 한없이 삭혀내는 밤입니다

어느 공간에 그대는 머무는지
찬바람만 가득한 빈 공간 위에
무심한 별빛만 가슴을 싸하게 합니다

별빛 위에 나타나는 하얀 얼굴 하나
추억의 그림자를 그려보며
흐르는 별빛 따라 그대의 모습을 그립니다

그리운 그대는 세상 어느 곳에 있어도
그대 있는 창가에 그대의 별빛 밝아지면
그대를 그리워하는 나의 그리움이라 믿어주오.

그대 사랑 안에서

그대를 알기 전
너무나 어둡고 긴
외로움의 터널이었습니다

그대가 사랑의 이름으로
불러준 내 이름
참으로 행복하였고
감사한 세월이었습니다

오직 그대이기에
내 마음에 밝혀준 불빛
이제는 그대의 사랑 안에서
편히 쉬고 싶습니다

그대를 만나 사랑을 알고
그대를 통해 행복을 느끼며
가슴에 심어준 사랑의 불꽃 밝히고
그대만을 위한 사랑의 빛을 뿌리겠습니다.

그대가 떠날 때

당신이 떠난 뒤 그 후부터
나의 가슴에는 온통 비가 내렸습니다.

이제는 나의 눈물이, 내 가슴에
비가 되어 흐르고 있습니다.

이제라도 나의 맘 전부를
전할 수 있다면 내 모든 것이 흘러도 좋습니다.

그대가 있는 창가에 흐르는 비는
내 가슴에 흐르는 눈물과 사랑인 줄은 아시나요

그것은 떠나간 당신에게 줄 수 있는
단 하나 나의 사랑이며, 눈물입니다.

별을 담는 소녀

한 소녀가 있었네.
불편한 다리를 가진 어린 소녀
부모 없이 할머니랑 외롭게 살았어.

힘들고 지쳐도 의지할 곳 없었고
하고 싶은 것보다 안 하면 안 되는 것이 많았던
꿈보다 현실을 자각한 소녀였어.

할머니 약값에 다리품 팔았고
웃음보다 눈물이, 기쁨보다 슬픔이 많았고
학비를 위해 전수학교 다닌 소녀였어.

건너뛴 세월에 복지사가 되어 사랑을 실천하고
꿈은 잃었어도 그 가슴엔 별을 담고 있었네.
사랑의 별을 주워 담고 있었던 거야

소녀 시절 아픔은 고통이 아니었고
여윈 가슴은 말없이 별을 담는 가슴이었어.
고통의 나날 담아보니 고운 별을 담고 있었다네.

지금도 소녀는 가슴에 담고 있네. 사랑의 별을…….

노트
삼십 년 전 수년간 돕던 소년 소녀 가장 중의
하나가 세월이 흘러 연락이 왔습니다. (인터넷에 시인됨을 알고)
그 소녀는 가슴에 별을 담고 있었던 게지요~사랑의 별을요

그대가 있으면

힘든 인생 고개를 다 못 넘고 지쳐 있을 때
먼 하늘 별빛으로 내게 다가와
마음을 쓰다듬는 그대가 있으면

날 저물어 돌아가길 싫어지는 저녁 길
한 발짝 걸음이 무거워질 때
그림자처럼 따르는 그대가 있으면

백지가 되어버린 다 타버린 마음속에
청량한 탄산수 음료수처럼
다가오는 그대가 있으면

그대와 함께 천상의 노래가 되어
들판에 흐르는 바람처럼 구름처럼
먼 길을 걸어가는 바람이고, 구름이고 싶다.

겨울비

이 겨울은 누군가는 조금 쉬어가는
계절이었으면 좋으련만
찬바람과 내리는 비는 가슴 시리게 합니다
텅 빈 내 속 같아서 더 쓸쓸해지는 계절입니다

살갗 스치는 찬바람 결에도
눈물 고이는 감성이 앉는 계절
떠나가는 모든 것들의 아름다움은
보내야 하는 아쉬움이 엉겨서
그리움만 풍선처럼 커지고 있습니다

까닭 없이 괜히 아파지는 것
외로움이 쌓이는 계절이고
떠나는 자의 뒷모습처럼 눈시울이
아프고 또 아파서 붉어지나 봅니다

그 아쉬움 때문에 찬 겨울은
내리는 겨울비 속에 떠오르는 얼굴 하나에
그렇게 가슴이 아파지곤 하나 봅니다.

인생유한

고요함으로 잠긴 차가운 날씨 탓일까
유난히 반짝이는 별빛 속에
그리운 당신이 보고 싶다

고요히 비치는 달빛 아래
선명하게 이어진 부드러움처럼
포근하고 맑은 모습으로 두 손 잡으며
당신과 따스한 차 한 잔이 그립다

세월이 흘러 인생도 흘러도
처음 만난 변하지 않는 그 모습도
붉게 물들어 사라지는 낙조처럼
그대도 나도 사라지겠지

언젠가 우리 세상 초월하여
낙조의 흐름을 보며
지난 시절 얘기 나눌 수 있을까
그대가 없는 빈자리
유난히 빛나는 별빛이 내 옆에 앉았다.

그리운 그대여~

흐르는 세월 속에 그래도 그대를 만났음에
애절한 마음으로 당신을 그려봅니다.
마음껏 다가갈 수 없다 하여도
그대와의 사랑이 너무나 소중하기 때문에

마음속으로나마 피어나는 기쁨
그대와 같이 느낄 수 있음에 만족하렵니다.
비록 그대의 등 뒤에서
바라볼 수밖에 없는 나의 사랑이라서
그래서 더욱더 애절하고 그립습니다.

사랑하는 그대여
우리의 사랑이 이 짧은 생에서
마지막이라 하여도 너무나 소중하고
애틋하기에 나는 행복합니다.
늦게 만난 당신이기에
가슴은 아프지만 너무나 행복합니다.

하지만 허전함 또한 가득하기에
행복하지만 슬픈 마음을 감출 수가 없습니다.
안타까움으로 바라보기만 해야 하는
나의 사랑이 가엾고 아픈 사랑이지만
나는 행복합니다
그대는 영원한 나의 사랑이기에......,

부칠 수 없는 편지

하루 또 하루
수많은 하고 싶은 이야기들이
가슴속에 쌓이다 보면
언젠가는 그 무게를 이기지 못해
무너지지 않을까,

그래서 오늘도 그대에게 편지를 씁니다.
부칠 수도 없는 편지를 말입니다
받을 수도 없다는 걸 알면서도
내 마음을 한 자씩 새겨 적습니다.

하루를 살면서 보고 들은 것
모두 전하고 싶은 마음,
말하고 싶고 듣고 싶은 마음이
나를 이 밤도 잠들지 못하게 합니다.

세상이 힘들어 슬픔이 차오를 때는
그대에게 위로를 받고 싶어서 목이 메고
그러지 못함에 목이 또 멥니다
이런 내 마음을 그대는 알고나 있는지

만물이 고이 잠든 이 밤
바람결에 마음의 향기를 실어
이 밤도 그대에게 날려 보냅니다.
그대 꿈길에서 만나기를 기대하며......,

그리움의 종점 역

고요함이 내 마음 유혹하는 밤
별빛 몇 개 떨어뜨려 나의 영혼은
창문을 두드려 잠든 당신을 깨웁니다

당신의 마음의 창문이 열려 별만 그윽한 밤
사랑의 창문이 열리면 그리움으로 다가오는 당신
그런 당신을 내 어찌하란 말입니까

그리움을 꿈꾸는 동안은
외로움 가득 당신의 모습이
내 가슴에 젖어 있거늘 어찌하란 말입니까

가진 것은 없어도 마음을 내어준 사랑
내 지금 힘들고 지치더라도
그대를 기다리는 것은
우리들이 나눈 사랑의 아름다움 때문입니다

기다린 만큼 가슴에 쌓인 그대
우리는 더 큰 사랑을 위해 아픔을 딛고
그리움의 종점 역에서 만남을 기다리며
사랑만을 위한 그리움에
이 밤 영원히 잠들었으면 합니다.

사랑의 샘

내 마음에 마르지 않는 샘물 하나 있습니다
퍼내고 퍼내어도 마르지 않는
사랑의 샘물 하나 있습니다

내 마음에 커다란 나무 하나 있습니다
흔들리지도, 휘지도 않은
뿌리 깊은 사랑 나무 하나 있습니다

내 마음에 작은 하늘이 있습니다
그대만을 위해 고운 햇살 비춰주는
푸른 하늘 하나 있습니다

맑은 물이 솟아오르고
뿌리 깊은 나무처럼 흔들리지 않고
푸른 하늘처럼 한결같은 그런 사랑
가슴에 담는 사랑 하나 지키며 살고 싶습니다.

감사의 삶

반드시,
감사하며 살아야 하는 것만은 아니지만
담벼락에 기대어 조용히 생각해 보면
햇살을 느낄 수 있습니다

아프다는 것을 느끼는 것만으로도
참기 힘든 어려움들도
우리의 삶에 숙제들이 많은 것
충분히 고마운 삶입니다

슬픈 걸 어떻게 웃겠습니까
만약 웃어 보인다면 더욱 슬프겠지요
그러나 이 바람도, 저 바람도 지나가고요
애달픔의 그 위에 져야 할 무게를 잊게 하는
사랑하는 사람의 얼굴이 떠 있을 것입니다

감당할 수 없겠지만
나름대로 풀어보다 보면
의외로 간단한 곳에 열쇠가 있습니다
바로 큰 것보다 소소한 것에
감사하는 마음이 있다면요......,

마음의 겨울

마음의 겨울에 차디찬 흰 눈꽃이 내릴 때면
남은 한 장의 달력이 겨울이란 이름으로
계절의 마침표를 찍으면 흐르는 세월 탓이라지만
숫자의 개념이 날짜의 삶과 더불어 아픔이 온다

한 해 동안 쏟아낸 열정이
시린 계절을 녹일 거라 달려왔지만
피지 못한 봉우리가 가슴에 안길 땐
서글픔이 다가온다

사계절의 뒤섞인 요란함을 뒤로하고
이제 그대를 불러 가슴에 안아도
식어 버린 마음의 겨울은 모든 것을 밀어내고
한 해의 열정은 그 차가움에 가슴 깊이 가라앉는다

마음의 겨울에 지친 항해는 누구의 인생길인가
언제나 출발의 길에 있었던 오색 무지개 지평선은
가도 가도 끝이 보이지 않는구나

누구인가는 서러운 계절, 가슴속에 겨울꽃이 피면
새봄이 오기를 기다리며 하얀 그리움 감수고
기도하는 마음으로 기다리겠습니다
한 아름 사랑을 안고 올 그날을 위해......,

110

제4부, 그것이 사랑이고 삶이라

아직도 사랑은 모르겠습니다

바람이 부는 날은
바람이 되어 나를 방황하게 하고
햇살에 눈 부신 날은
햇살이 되어 따사로움으로 자리하고

비가 오는 날은
그 비가 되어 가슴속에 외로움을 안겨주고
안개 가득한 날은
알 수 없는 그리움 속에 날 가두기도 합니다

아직도 사랑은 모르겠습니다
가슴속에 간직할 사랑인가 생각했더니
스치는 바람과 같기도 하고

가끔은 보고픔이 되어
내 가슴을 휘저어 놓기도 하고
때로는 서러움이 되어
초라한 내 모습을 돌아보게 합니다

사랑이란 어떤 것인지
나누어 풀 수 없는 것이 사랑인지
삶 속엔 존재하지 않는 꿈일 수밖에 없는 것인지
참으로 사랑은 아직도 알 수가 없습니다.

사랑을 꿈꾸는 당신

사랑은 늘 존재하는 것이며
사랑은 삶을 살아가는 에너지가 됩니다

있으면서 보이지 않는 공기처럼
사랑도 우리 곁에 늘 존재하는데
보이지 않고 느낄 수만 있나 봅니다

사랑을 꼭 애정의 부피로만 생각한다면
사랑의 부피가 너무 작을 것이 아닐까
세상은 사랑으로 가득 차 있어야 하는데

사랑은 무한한 부피를 가지고 있는 것이고
사랑을 이 세상에 가득하게 채울 수 있다면
사랑을 꿈꾸는 당신은 아름다운 사람입니다.

사랑의 단어

회색의 나이도 잊은 채
심연의 바닥에 기대어 선
별들의 말을 주워 모아
너를 가슴에 들이던 시절

수없이 흔들리다 떠돌다
물거품의 난간에서
기어이 못다 푼 사연들을
세월의 창가로 불러들였다

서툰 몸짓으로 몇 번이나 흔들렸을까
한 줌의 추억까지 깊은 곳에 길어 올려
바람의 이름을 짓던 그날
비워진 나이만큼 먼 기억을 찾는다

오늘도 화려했던 그날 사랑의 추억에
사랑스러운 보랏빛 단어들을
하나둘 차곡차곡 모아본다
사랑의 단어를......,

그것이 사랑이고 삶이라....

말 없는 침묵은 사랑의 표식이 아니고
스치는 미풍에도 아픈 가슴앓이
사랑하자 그리고 아파하자

괴로워하는 침묵의 고요보다
사랑하고 나서
그리워하며, 속앓이하자

그대를 사랑한다, 고백하고 아파할까
고목처럼 침묵으로 일관하다가
후회할까

아픈 줄 알지만 말하고 나면
가슴 깊이 흔적으로라도 남겠지
가슴 저미는 아픔이 있을지라도
사랑하고 헤어지고, 사랑하고 아파하자

그리고 다시금 기다리고, 그리워하자
그것이 사랑이고 삶인 것을......,

홀로 가는 길

끝을 알 수 없는 머나먼 길
길동무 없이 홀로 걷는다
바람 되어 왔다 간 인연들
구름 따라 떠돌다 만든 추억들

길은 외길 혼자서 가는 길
누구와 함께 나눌 짐이 아니고
함께 누릴 행복도 부질없는데
가슴에 담은들 어이 같이 가리요

머나먼 길 가야 하기에
마음에 자리한 그리움 덜어내고
가슴에 간직한 서러움 씻어내고
어깨에 짊어진 짐 내려놓아야 하는데

그저 허망할 일 뿐
욕심을 부린들 무엇 하리요
내가 아니면 안 되는 것처럼
무거운 짐 지고 끝도 모를 길을 걸었다

사랑도, 그리움도, 서러움도
홀로 가는 길
새소리 물소리 친구하고
달랑 남은 몸뚱아리 홀로 걷는다.

그날을~

그리움이 가슴 깊이 채워짐은
내 영혼이 외로운 것이겠지요
그것은 그대가 내 곁에 없다는 것입니다

그대를 생각할 때마다
여린 눈빛으로 침묵할 수밖에 없는
그리움만 가슴에 쌓입니다

별빛에 다가서며 마음에 편지를 띄우니
그대 향한 내 마음은 일렁이는 파도처럼
산산이 흩어져 버립니다

이별이란 말을 쓰고 싶지 않아서
기다림으로 살아가려 합니다
하지만 그대는 슬픈 눈으로 보지 마셔요

다만 서로의 손을 꼭 잡고 사랑 나누던
그날을 잊을 수가 없기 때문입니다.

여백의 의미

찻잔에 차가 가득 차지 않고
모자라게 따르는 것은
향기의 여운이 머무를 수 있는
자리를 주는 것이 아닐는지

삶의 여백 속에 뛰노는 사랑이란 두 글자는
내 마음에 뛰어 들어올 수 있게
또 하나의 여백이 자리하고 있는 것이 아닐는지

어쩌면 부족한 미완성을 사랑하는 것은
어떤 모습에도 개의치 않으면
부딪힘이 없는 무(無)에의 자유를 위한 것인지도

완벽함은 여운도 없고 함축미도 없으며
내 마음의 여백인 사랑도 없고
자유로운 영혼이 거부당한 것이리라.

사랑 덩어리

사랑 때문에 행복하고
사랑 때문에 아프기도 하면서
사랑을 하지 않으면 안 되는 것처럼

반복되는 사랑에 지치지도 않고
끊임없이 사랑을 하며 사는 것이
삶에 주제가 사랑인 듯합니다

삶이 그리움과 기다림으로
꽉 차진 것도 아닌 것 같은데
사랑의 모습의 한 단편일 뿐인데

오늘도 비가 오면 창밖을 봅니다
이렇게 바람이 부는 날은 가슴이 시려
나의 심장은 덧옷을 껴입게 됩니다

기다림, 그리움, 모든 것이 사랑이라면
우리는 사랑 덩어리가 맞나 봅니다.

사랑의 속성

사랑이란
만들어서 줄 수 있는 마음 아니기에
기다리는 마음이라고
얘기하는지도 모르겠습니다

어느 날 문득 고개를 돌려 봤을 때
우리도 모르게 앉아있는 자잘한 먼지처럼
조금씩 쌓여가는 것이 사랑은 아닐까

모닥불처럼 활활 타오르는 요란한 소리와
화려한 불꽃처럼 열정으로 다가오는 것만이
사랑은 아닐 겁니다

사랑이란
그렇게 고요한 빛으로 하나씩
가슴을 가득 채워가는 것이 아닐까

우리가 나눌 수 있는 마음도
그런 편안함으로 다가오는 것이었으면
참 좋겠습니다.

사랑이 지난 자리

사랑이 지난 아픈 자리엔
새잎은 돋지 않는 줄 알았습니다
세월이 흘러 잊힌 자리엔
다시 그 마음이 피지 않는다고 믿었습니다

먼 시간을 보내고 앉은 자리
사랑이라 생각했었던 그 마음은
세월도 비켜 앉아 있었습니다
그 모습 그대로 날 안아 버렸습니다

멀어진 사랑은 다 아픈 것인 줄 알았습니다
그러나 모두가 아픈 것만 아니었습니다
사랑은 수면 위에 반짝이는 햇살같이
가슴 가득 충만함으로 행복감을 느낄 수 있는 것

그저 바라볼 수 있다는 것만으로도
가슴 가득 채워지는 따스함
여러 가지 마음들이 모여서
영혼은 가슴속에 살아있나 봅니다

그리고 믿음이 깔린 자리에서
서로 따뜻한 눈길로 바라봐 줄 수 있는 것
그런 편안함이 묻어있는 정이 더 좋아지는 것
사랑도 익으면 익을수록 더 좋은 것인가 봅니다.

사랑의 그림자

사랑은 그리울 때가 더 아름답다고 하지만
그리울 때가 더 가슴 저미게 합니다!
어떤 이유와 사연이 그리 많았는지
별빛 뿌리는 초연한 밤이면
추억의 공원을 거닐게 됩니다

쓸데없는 애착이라 할 수도 있겠지만
그대 사랑은 과거형이 되어 버렸는데
나의 사랑은 아직도 진행형이 되어
지나간 시간을 맴돌게 합니다

망각은 아름다운 축복이라고 했지만
아직 지워지지 않는 연민 속에서
늘 그리운 모습은 그림자처럼 같이하며
이만큼이나 지나온 후에도 가슴 저미게 합니다

언제쯤 사랑의 그림자를 떨쳐버릴 수 있을지
가슴속에 자리한 그리움의 샘물은
퍼내고 퍼내어도 줄어들질 않으니
흘러넘치는 감성으로 그리움만 넘치는 밤입니다.

제목 : 사랑의 그림자
시낭송 : 박영애
스마트폰으로 QR 코드를 스캔하여
시낭송을 감상할 수 있습니다

그대를 사랑했기에

사랑이란 아무런 조건이나 대가도 없이
얻을 수 있는 것이라는 생각은 하지 않지만
사랑이란
늘 스스로의 힘겨운 나와의 싸움인 것 같다

사랑이란 가슴 떨리는 환희로 시작해서
가슴 저미는 아픔으로 끝날 수도 있지만
눈부신 태양을 새로운 눈으로 바라볼 수 있게 한다

그대가 있으므로
사랑은 아름다운 것이라는 것을 느끼게 하고
편안하게 기대어 올 수 있는 가슴이 된다

그대를 사랑했기에, 오늘도 행복하고
그대가 있어 삶이 아름답고, 즐겁다고
그렇게 밝은 미소로 화답하고 싶다.

사랑이란 숙제

세월이 흘러 변하는 세상처럼
그리움도, 사랑도 같이 익어가네요
유달리 추운 겨울밤 하늘을 보며

그리움에 가슴이 시린 탓도 있겠지만
나 자신도 어찌할 수 없이 내 안의 내가
한없이 흐느끼는 겨울밤입니다

그립다고 만져볼 수도, 가고 싶어도 갈 수 없는
가슴 안에 삭지 않은 불덩이는
찬 겨울에도 그리움의 열기는 식지 않습니다

현실에 묶인 마음의 사슬은 아무리 몸부림쳐도
세월이 익어가도 내 육신의 욕심이 너무 커서
밤하늘의 하늘 높이 그리움을 날려 보냅니다

영혼이 아픈 만큼 사랑이 성숙하여지고
초라한 내 가슴은 아직도 그리움에 쓰러집니다
나에게 사랑이란 단어는
아직도 그 깊이를 알 수 없는 숙제입니다.

제목 : 사랑이란
시낭송 : 박영애
스마트폰으로 QR 코드를
시낭송을 감상할 수 있습

삶의 이유~~~ (원고를 마치면서~)

어제 그리고 오늘 만난 세상 지친 얼굴들
영혼이 없는 안부 인사가 그렇고

치열하게 비워가며 투명해지는 삶 속에서
아직 건재하고 진통을 느낄 수 있는 것은
살아 있다는 것을 실감하게 하는 것이리라

한 잔 술에 취하기도 하고
시 한 편을 위해 머리를 싸매는 것도 그렇고
내리는 빗소리 들으며 잠깐의 낭만도 그렇다

우주의 작은 먼지 같은 세상
돌아가는 꼴을 안 보기도 그리하고
밥그릇 싸움하는 인생사도 그리하고

조금은 맑고 누가 시키지 아니해도 때가 되면 싹이 나고
꽃이 피고, 가물면 비 내리는 우주의 법칙을
서로가 접속할 여유가 있다면 조금은 나아질까?

염규식 배상

감성시인 염규식 시인의

사랑은 시를 만들고
제3집

2023년 12월 18일 초판 1쇄
2023년 12월 20일 발행
지 은 이 : 염규식
펴 낸 이 : 김락호
디자인 편집 : 이은희
기 획 : 시사랑음악사랑
연 락 처 : 1899-1341
홈페이지 주소 : www.poemmusic.net
E-Mail : poemarts@hanmail.net

정가 : 13,000원
ISBN : 979-11-6284-498-4